내가 너를 닮았다

억새가 너를 닮았다

억새가 너를 닮았다

억새가 너를 닮았다

억새가 너를 닮았다

시아시인선 **018**

억새가 너를 닮았다

가금현 시집

초판인쇄일 | 2021년 10월 25일
초판발행일 | 2021년 10월 30일

지은이 | 가금현
펴낸이 | 김명수
펴낸곳 | 도서출판 시아북(詩芽Book)

출판등록 | 2018년 3월 30일
주소 | 대전광역시 동구 선화로214번길 21(3F)
전화 | (042) 254-9966, 226-9966
팩스 | (042) 221-3545
E-mail | daegyo9966@hanmail.net

값 10,000원

ISBN 979-11-91108-23-1

억새가 너를 닮았다

가금현 시집

시아북
시작BOOK

올해는 유난히도 덥다고 했다 하지만 나는 그렇게 더운지 모르고 지나간 여름이었다

코로나로 인해 어렵다고 한다 그러나 나는 그렇게 어려운지 모르고 지내고 있는 것 같다

시라고 표현하기에는 부족함이 많다는 것을 스스로 알기에 부끄럽지 않다 세 번째 시집까지 발행하고 나니 그만큼 낯이 두꺼워진 것일 것이다

올해를 시작하며 두 권의 시집을 내야겠다는 속내를 누군가 에게 내비친 적이 있었다 욕심일 수 있겠다 했겠지만, 이렇게 기회가 주어지니 나는 분명 행복한 사람이다 이번 네 번째 시집을 출간할 수 있도록 도움 준 모든분들께 고마운 인사를 전한다

가을바람이 가슴을 스치며 속삭인다
"올가을은 내 마음에 가득 담아진 사랑도 영글어 가라"고

2021년 가을의 문턱에서

가금현

제3부

제4부

제**1**부

나의 계절은

그래 너는 여왕이다
그래 너는 이 세상이 하나밖에 없는 꽃이다

붉은 장미도 너를 보면 고개 떨구고
코스모스 너 보면 오그라드는 하나뿐인 예쁜 꽃

꽃비가 우수수 떨어지던 날에도
지지 않고 활짝 피운 채 웃고 있는 단 하나의 꽃

꺾지 않으련다
두고두고 가슴에 담아두고 마음으로 보련다

나의 계절은 사철 피어있는 너의 웃음꽃
오고 가고 있는지 되돌아보지 않으련다

화단

베란다 아래 아버지 손바닥보다 더 큰 빈 공간은 콘크리트 때에 묻지 않아서인지 잡초의 안방이었지

여름이면 장맛비에 쑥쑥 자라 호랑이도 숨어 살아도 될 듯 우거졌지

할머니들 경로당 가는 길에 호랑이 나오겠다며 쪼그리고 앉아 한 움큼씩 쥐어뜯느라 땀 한 바가지 흘리셨지

1층 살던 할머니 하늘나라로 떠나고 서울 살던 딸 내려오면서 잡초의 세상은 끝나버렸지

개망초 자리에 라일락이 자라고 떼바랭이 자리에 코스모스 자라고 쇠뜨기 자리에 해바라기 우뚝 섰지

서울 사는 딸은 우렁각시인지 보이지 않았지만 라일락도 무럭무럭 자라 꽃을 피웠지 가을이면 코스모스도 웃고 해바라기는 여름 하늘 올려보고 있었지

경로당 가는 할머니들 가는 길 잠시 멈추고 꽃향기 맡
으며 꽃처럼 고왔던 지난날 떠올리고 있지

해바라기

"너 못 보던 아인데 이름이 뭐니?"

터줏대감처럼 버티고 선 보리수나무가 빨갛게 익어
가는 보리수를 주렁주렁 매달고는 이제 갓 움터 얼굴
내민 해바라기에게 물었어요
"예 아저씨 반가워요 제 이름은 해바라기예요"
"그래 반갑다 해바라기야 쑥쑥 잘 자라라"
보리수나무는 처음 보는 해바라기에게 잘 자라라고
응원해 주고 이웃집이 된 해바라기가 어떤지 알아보기
위해 네이버에 검색했어요

일년생이고 키는 어른 키 보다 더 크고 꽃은 노란색에
쟁반만큼 커 해를 바라보고 있어 해바라기라는 것을 알
고 나니 걱정할 게 없었어요

자기랑 경쟁할 상대가 아니었으니까요

해바라기는 옆에서 하루하루 지나며 한뼘 두뼘 커가는
것 같더니 어느 날 노란 얼굴을 보이는 것이 아니겠어요

보리수나무는 놀랐어요

왜냐면 어른 키 보다 큰다고 했는데 아장아장 걷기
시작하는 코맹이 만큼도 크지 않고 얼굴을 내미니까요
"해바라기야 너 벌써 다 큰 거니?"
"그런가 봐요 다 컸어요"

보리수나무는 혼잣말로 말했어요
'가짜뉴스가 판 친다더니 이젠 네이버도 못 믿겠네'
라며 땅바닥에 기다싶이 하는 해바라기를 딱하다는 듯
내려다 봤어요

이때 해바라기를 가꾸던 사람도 혼잣말로 '이런 종자
도 있네, 내년에는 키 큰 씨를 사다 심어야지'라며 투덜
대며 집안으로 들어갔어요

아이들 없는 놀이터

햇님이 경로당 국기봉에 걸릴 때쯤
장미 넝쿨 없는 울타리 너머로 책가방 휙 던져놓고
날쌘 몸은 쇠창살을 비집고 가뿐하게 넘어온다

아파트 확 트인 정문에서 달려오는
친구의 발에는 축구공도 친구 되어 떼굴떼굴 굴러오고
상가 쪽에서 두 아이가 손 잡고 까르르 웃으며 달려
온다

미끄럼틀에 오르고 내리며 조잘조잘 꿈이 영글고
뻥뻥차고 막아내는 축구공에 키가 무럭무럭 커간다

햇님이 국기봉 너머
서쪽하늘 저만치 내려앉을 쯤
재잘거리는 소리도 축구공의 아우성도 들리지 않고
영글어가는 꿈의 소리와 무럭무럭 자라는 키 크는 여운
만 남아있었다

이제는 햇님이 국기봉에 걸려도
햇님이 국기봉 너머 저 멀리 서쪽바다에 잠들어도
달려오는 아이는 없고 허리굽은 어르신들만이
굳은 어깨를 풀기 위해 줄을 당긴다

너 보낸다고 나 빈 가슴 아니다

너 떠나보낸다고
나 빈 가슴 아니다
너의 손 잡고 다가온 인연이
나의 빈 가슴을 채워가니
너 떠나간다 해도
나 외롭지 않다

살며 만나고 헤어지는 것이 인연이라
떠나보낼 땐 가슴 아리지만
찾아오는 인연 앞에서 마음이 설레지 않는가
살며 헤어지고 만나는 것이 인연이니
너 떠나더라도 나 외롭지 않다

넘어서야 할 그림자

새벽이 밀려오는 소리가 들려온다

무엇이 새벽을 훌쩍 앞당겨 깨웠는가

혀는 목구멍 저 깊은 곳으로 끌려 들어가는 듯 조여
든다

갈증
눈의 피로
네가 내 몸으로 파고드는 것을 이제 알겠다

이제 눈을 뜨자
새벽의 갈증에 냉수만 벌컥벌컥 들이키지 말고 몸
일으켜 끌려가는 혀를 붙잡자

너를 반드시 넘어서야 내가 가야 할 길을 걸을 수
있겠다

꿈에 본 고향

왜 갑자기 그곳에 가고 싶었는지 모른다
하던 일 멈추고 그곳으로 달려간 그곳

가는 길은 분명 새로 뚫린 4차선 도로였고
내 고집으로 만들어진 교차로에 신호등까지
파란불을 보고 좌회전해 들어서는 순간부터
왜 그렇게 가슴이 뛰는지 벌떡 일어나고 싶은 심정
이었다

망재에 다다르자 파헤쳐진 채 어수선한 분위기
새 길을 내려고 벌려 놓은 공사판
이리저리 피해 넘어선 마을 풍경은
아~ 이것이 꿈꾸던 내 고향이었던가

푸른 바닷물이 간사지 앞까지 밀고 들어와 출렁이는
모습
온몸으로 갯물이 밀려 들어와 스며드는 것처럼 짜릿
하다

절골 큰아버지가 새로 잡은 터에 서니 중골 앞까지
파도가 밀려와 출렁인다

아, 내 고향 적돌 바다가 살아왔구나
그곳이 그리워 몸부림치던 날은 잊고 있었는데
이 새벽에
왜 갑자기 나를 불렀나?

궁남지에서

　가뭄에 비를 기다리면서도 잠시 멈춰주길 바라는 마음은 뭔가
　한 여름 따가운 햇살 막아주던 짙은 구름이 엷어지며 그 마음에 답한다
　하얀 연
　분홍빛 연
　노란 연
　짙은 보라색 연
　예쁜 친구 얼굴
　양산처럼 펼쳐진 연 잎 눈앞에 펼쳐 있어도
　엷은 구름사이로 내미는 햇살 잡지 못한다

　이 연이 저 연 같고
　저 연이 이 연 같은 궁남지 한 복판에 나란히 세워주는 어르신
　그 순간 무왕과 선화공주가 되었다
　또 하나의 추억을 궁남지에 핀 분홍빛 연 위에 뿌려 놓는다

새벽 빗소리를 듣는다

새벽 빗소리는
사랑하고 싶은 소리

창가에 다가가 귀 기울인다
새벽 빗길 타고 다가오는 사랑 노래가 들리는지

이 새벽 빗소리 들으니
빗방울에 앞머리가 말려 올라가는
여인의 맑은 웃음이 떠오른다

아우 1005가 가다

밤새 뭔 꿈이 그리도 어수선한가
깨다 잠들면 연속극처럼 이어지는 사건 사고 소식

더이상 잠들 것 같지 않게 깨어난 새벽
버릇처럼 휴대폰 화면을 두드려 다가온 소식을 받는다

문자메시지에 반가운 이름 보인다
오랫동안 서로의 소식 나누지는 않았어도 늘 마음 한
켠에 남아있는 아우

근데 부고라니,
어머니도 아직 이른데 뭔 사고라니?하며 궁금해 하신다
가야 할 길이 살아온 날 보다 많은 나이인데 사고구나
했다

형, 하고 웃으며 금방이라도 달려와야 할 아우인데 벌써
돌아오지 못할 강을 건너가 버렸다

아우와 나를 연결해준 친구에게 전화해 보니
엊저녁 갑자기 떠났다고 폐가 좋지 않았다고

늘 웃으며 형형하며 따르던 아우
소주 한잔 막걸리 한 사발 사주지 못했는데 홀쩍 떠나
가면 어떡하냐

아우야,
가는 길 아픔은 모두 태워버리고 좋은 것 담아 더 좋은
곳으로 가라
너는 멋진 아우였다고 기억하마

나의 욕심

만남을 내 마음대로 정하고
만남에서도 나만을 생각하고
대화에서도 내 자랑만 합니다

옆 사람의 마음도 있는데
옆 사람도 할 말 있는데
옆 사람에게도 하는 일이 있는데도
나만 생각하고 내 하는 일만 자랑합니다

그런 것 있잖아요
시골 촌구석에 찾아온
빨간 구두 분홍원피스 입은 여학생
그녀와 함께하면 어깨가 으쓱해지고
옆집 어른이 그녀가 누구냐고 물어도 실실 웃기만 하는 촌놈

누구여? 어디서 왔어? 궁금해 할수록
'물러도 되유'라며 실실 웃기만 할 때
서울에서 왔다고 얘기해주면 좋을 텐데
나의 입가에는 웃음만 흘러나오고

그녀는 신비한 소녀이고 나만의 소녀가 되었으면
하는 바람이라서

불러보았다

모퉁이 돌아서 보이지 않기에 불러보았다

모퉁이 돌아서기 전에 불러야 한다는 것 알면서도 한 눈 딴 짓에 보이지 않도록 내버려 둔 탓 하면서 기다렸다가 불러주면 고개 내밀고 반겨줄 줄 알고 불러보았다

모퉁이 돌아서며 불러줄까 불러 주리라 기다리며 천천히 아주 천천히 걸었는데 끝내 모퉁이를 돌아서 속상하고 속상한데 불러준다고 돌아볼 수 있겠는가 라며 메아리로만 답해준다

부를 때도 때가 있는 것이여 라며

메아리만 빈 허공을 스치며 귓가에 멍하니 남는다

술이 부르는 날

친구의 말이 맞다

친구의 헤진 마음 보듬어 주지도 못하면서 친구라 하는가 친구라면 천둥 번개 비바람에 어둠 밀려오는 밤이라도 친구의 헤진 마음 보듬기 위해 맨몸으로 달려가야 하는데 어둠 밝힐 전등을 찾으며 우비를 입고 우산마저 찾아드니 어둠은 걷히고 천둥 번개와 비는 언제 내렸는가 싶다

긴긴 어둠 속에서 천둥 번개 비바람을 버텨온 친구 너도 그 어둠 천둥 번개 비바람을 맞아 보라하네

술이 날 부르는 날이다

찬바람 불며 해지네

나는 그곳에 서 있었다

그가 걸어올 방향을 바라보며 찬바람을 얼굴로 고스
란히 다 받고 서 있었다

머리 위 미루나무 가지에 앉아 있던 까치도 그곳을 보며
깍깍 울었다

발아래 출렁이는 파도는 그쪽으로 출렁이며 찰싹찰싹
모래를 뒤집었다

눈물이 찬바람 맞아 칼날이 되는지 볼때기 아래로 흐
르며 따끔따끔하게 골을 판다

미루나무 위 까치가 푸드득 날아갔다

모래를 뒤집던 파도도 스륵스륵 갯벌에 미끌려 저
멀리 가버렸다

그가 걸어와야 할 곳에서는 찬바람에 찢긴 가느다란
눈이 칼날 되어 이성을 잃고 덤벼든다

어둠이 바짝 다가서서야 고개를 돌린다

나의 뜨거운 가슴에 채워야 할 그는 어디쯤 오고
있는가

이 해도 다 가는데...

팔월을 열며

이른 새벽 목마름에 눈을 떠 몸 일으켜 세우니
밝은 전등 아래 아내의 분주함이 보인다

빗소리가 창문 두드리며 아내를 부르는 듯
다녀오겠다며 문을 나서는 아내의 뒷모습은 전사다

잠깐 눈 붙였다 깨어 보니 아내가 밥솥 버튼을 누르라는
시간에서 삼십분이 흘렀다
잠시 후 헉헉거리며 메고 끼고 들고 전장에서 돌아온
어머니의 모습을 보여준다

서울로 친구 찾아간 딸을 위해 이 새벽 청양골에서 짐
빼와야 했던 아내의 갈등
어머니이기에 빗속을 뚫고 내달렸을 터다

세차게 내리는 비는 아침을 부르지만
아내의 바쁜 손놀림은 꿋꿋하게 밥솥의 밥을 말고 김
을 붙여나간다

동문 삼성촌을 들려 적돌마을 아내의 시어머니와 시
아버지를 싣고 영광 법성포로 달려간다

　　가는 길 비는 언제 내렸는가 하고 푸른 하늘이 내려
다보며 태양 솥에 장작불을 질러대니 고창고인돌 휴게소
마당이 불바다다

　　영광 조깃배는 보이지 않는데 집마다 조기 사라는 풋
말만 도서관 책꽂이에 책 꽂혀있듯 조기 구워 파는 집
손님에 떠밀려 뙤약볕에 그을린다

　　영광대교 건너 백수해안도로 뙤약볕만 아니라면 오순
도순 거닐며 사는 얘기 나누련만
　　어서 가라고 떠미는 가마솥더위 영광을 뒤로 하니 어
느새 적돌 마당이다

눈을 감으면 떠오르는 너

잠들지 못하는 밤
마음속에는 무엇이 있다

눈 감으면 감을수록
떠오르는 무엇이 있다

잠들고 싶은 마음은 창문 넘어
밤하늘 희미하게 비쳐지는 별을 따러 떠난다

그 별 잠 못 이루게 하는
너의 손에 쥐어주려고

어느 여름날 옥상에 누워

그런 날이 올까
온다 해도 이젠 추하게 보이겠지

옥상에 올려진 평상에 누워
고운 손끼리 마주 잡고 쏟아지는 별 헤아리며 속삭
이던 밀어
뭉클뭉클하게 밀려오는 사랑의 몸부림을 어떻게 할
수 없어 비비적거리며 별 헤아리던 밤
별을 헤아리면서
저 별은 내별 이 별은 네 별이라고 말하지만
마음은 옆자리에 앉은 아주머니가 일어나주기만을
간절히 바라던 그 여름밤
그 아주머니는 속으로 이랬겠지
'머리에 피도 안 마른 것들이 꼴사납게 뭔 연애질,
이것들아 내 가나 봐라'
몸은 불타오르고 바라보는 밤하늘의 별은 모두 녹아
버릴 것만 같은데
옆의 아주머니는 무슨 별을 보며 생각에 젖어 들었을까
'심술 별이겠지'

사랑은 시詩더라

사랑 없이는 시詩가 될 수 없다는 것
여름날 삼복더위에 알았네

마음에 시詩가 없다는 것은
뜨거운 사랑을 할 수 없다는 것

작은 눈빛으로도 한 줄의 시詩가 나오는데
사랑의 열병 앓을 때야 밤새워 써도 마르지 않는
시詩가 되겠다

시인詩人으로 살아가지 않는 것이
바보인가 현자인가 누가 답해주려나

제2부

그곳에 가면

눈에 익은 삼길포 벗어나
쭉 뻗은 방파제길 달리다 보면
뭉클하다

빛바랜 도비도 농어촌휴양지 벗어나
쭉 뻗은 대호방파제길 달리다 보면
터질듯 부풀어 오른다

검은 연기 숨겨둔 당진화력홍보관 벗어나
편도일차선 구부러진 길가 우뚝 솟은 굴뚝을 보면
청바지 지퍼가 벌어질 듯 뚫고 나옴을 느낀다

올라서 눈 아래 펼쳐진 파도를 보자
실오라기 하나 없이 벗어던지고 빠져보면 한 몸임을
느낀다

이 여름은 스치는 바람도 없는가

더워서 그런가
뜨거워서 그런가
뙈약볕이라 그런가
스치는 바람 한 점 없네

매끄러운 피부에 돋아난 솜털 흔들림
가슴 울렁이게 하는 바람
바람은 이 여름 어디에 스칠까
태양은 뜨겁건만 내 가슴은 차네

천수만

양대리 지나 환경종합타운 옆을 돌아서면 천수만 들녘
푸른 벼 바다가 출렁인다

긴 가뭄
무더운 여름 햇살 이겨내고 튼실하게 커가는 벼 바라
보며 달려가는 너와 나
저 멀리 도비산이 보인다

천수만을 가로질러
서산에서 홍성으로 넘어가는 통로 위
드넓은 호수 바다인 줄 알고 날아든 갈매기
통통하게 오른 살 보니
천수만은 아직 살아있구나

마중물 갤러리

　네비게이션으로 전주현대옥 찍고 가는 길
　지나치다 바라본 이름 마중물갤러리
　냇가 좁은 길 망설이다 다리 건너 이정표 찾아 들어서니
정여립 생가터 가는 길이다
　역사 인물의 흔적도 찾을 수 있으니 마중물은 마중물
인가 보다
　좁아지는 도로는 도로인데 마주치는 오토바이도 차
세워 피해야 하는 곳에 정여립 쉼터는 쥔장 잃은지 오랜
듯 볼품없이 서 있다
　정여립이 누구였다는 글귀만이 하우스 앞을 지키니
그 아래 하우스가 정여립 생가터 였다고 그곳에 샘이 있었
다고 오토바이 주인장 내가 시암 발견했단다
　기축옥사의 쓰라린 역사는 훗날에도 더이상 초라함
이랴
　고개 돌려 마중물 갤러리로 차를 몰았다
　길가 철조망으로 얽은 난간 대 무서워 위쪽으로 파고
들며 가다보니
　다리아래 대형주차장 입간판 건너로

개장에서 삼복 무사히 보낸 개들만이 왜 왔나 초점 잃은
시선으로 바라볼 뿐
　군데군데 보이는 손길사이로 잡초만 무성하고
　터널 속 꽃피운 작품은 굳게 잠긴 자물쇠만 나를 맞아
준다

완주 편백나무 숲

완주 편백나무 숲

쭉쭉 뻗은 각선미 끌어안고 입맞춤 해주고 싶다

제 이름도 못 찾는 바보라기에 눈요기만하네

통문 넘어 흐르는 종기계곡에 발 담그니

등골부터 전해져오는 짜릿함에 더위 다 몰아내는데

모기떼 덤벼드는 걸 보니 이름 잃은 한을 달래려는가

싶다

'나는 완주 편백나무 숲 주인 모기지, 전주 편백나무

숲 머슴 모기가 아니다'라며 독하게 덤빈다

완주군수가 이처럼 덤벼들면

잃어버린 이름을 되찾을 수 있으련만

가는 곳마다 때 늦은 이정표뿐이다

한 잔

소주 한 잔 생각날 때
보고 싶은 얼굴

소주 한 잔 나누며
보고 싶은 사람

소주 한잔 하자며
불러주는 이 맛에 살맛이 난다

이불

더우면 발바닥 아래 차여서 구르고
추우면 이마까지 끌려 올려지는 너

9월이 오면 가을도 따라와
발아래 걷어 차여진 너를 가슴 복판으로 끌어올린다

너를 몸에 감고
귀뚜라미 울음소리 벗 삼아 흘러간 사랑 노래 그리워
할 날 머지 않았구나

사랑과 우정 그리고 저편의 기억

  사랑했냐고 묻는다면 그러했다고 말할 수 있는 사람
을 저편의 기억으로부터 불러오는 것은 어렵지 않지만,
우정을 나누는 친구냐고 물었을 때 그러했다고 말할 수
있는 사람을 저편의 기억으로부터 불러오기는 쉽지 않
을 것 같고, 사랑은 순간의 여름밤을 긴 탄식의 울부짖
음으로 보내기도 했고, 긴 겨울밤 뒤척이며 이리 뒹굴고
저리 뒹굴며 거친 몸부림으로 꼬박새우기도 했지만 우
정을 위해 친구를 생각한 기억은 그 어느 곳에서도 찾을
수 없을 것이기에 가끔 여인의 향기에 취하지만 저편의
기억을 더듬어 질풍노도의 시기 청춘이 불붙던 날 독한
소주를 병나발로 불 끄던 친구의 모습 그리워하는 일은
없겠지만 따스함이 좋은 날 다가오니 지난날 품었던 여
인의 살 내음이 마음의 문턱 넘어 말초신경만 건드리니
아직도 철부지로 살아가고 있는 것 같다

익어가는 것이 아니라 늙어가는 것

진한 배 멀미에 속이 뒤집어진 것도 아닌데
그렇다고 갯비린내에 울렁일 속도 아닌데
그 밤은 왜 그리도 길었는지 몰라

살부딪힘이 멈춰진 순간부터
작은 방귀에 속물이 흘러나오고
괄약근이 조금이라도 느슨해질라치면
속물이 저절로 침대커버를 적시는 밤

이국땅에서 깊어가는 밤 복통에 잠 못 이루고 들락거
리다 보니 하얗게 밝아오는 아침 햇살을 몸에 두르고서야
눈 감는다

짧은 밤

눈감고 떠보니
밤이 다 가버렸다

아직 어둠이 있기에 눈 감아도
잠들지 못하는 밤

눈 감고 뒤척일새 없이
어둠의 밤은 녹아내렸다

잠든 아내의 호흡소리는 아직도 밤인데
눈 뜬 이 몸은 새벽을 연다

참 짧은 밤이다

뜨거운 나라의 여인

잊을만 하면 떠오르는 여인이 새벽을 깨운다
품으로 안겨오지도 못하면서 나를 깨운다

달려가고 싶어도 달려오고 싶어도
가지 못하고 오지 못하는 뜨거운 나라의 여인
그저께
그리고 어제
그 여인은 나의 여인이 되었다

누군가 이불 속에서 뜨거운 나라의 여인과 나를 맺어준
인연의 끈이 입에서 입으로 그물을 친다

가을 바다 전어 후리듯 촘촘하게 쪼여본다
봄비 내리는 날부터
가을비 내리는 새벽녘까지
뜨거운 나라의 여인은 내 여인이 되었다

안아보고 싶어도 안지 못하고
사랑하고 싶어도 사랑하지 못하는데

그 여인은 봄비에 젖고 이 몸은 가을비에 젖는다

뜨거운 나라로 가고싶다
그곳에 가면 미칠 것 같은 여인을 만날 수 있으려나
그곳의 여인을 내 뜨거운 가슴으로 안아주려 그곳
으로 간다

푸른하늘

가을이 부른다
푸른 하늘 아래 흘러가는 구름 타고
오라는 가을 곁으로 가련다

술잔에 푸른 하늘을 담아 건배하자
가을을 위해 건배하자
너도 익고 나도 익는 가을을 위해 건배하자

한 뼘 앞으로 다가온 날
살짝 건드리기만 해도 벌어질 것 같은 가을
바짝 내 입술에 닿을 듯 말 듯 할 때까지 기다려 보련다

이 가을에게로 가는 길은 이제 시작이니까

가을찬가

따사로운 햇살
그 아래 불어오는
선선한 바람이 좋다

깊은 물 속 같은 푸른 하늘이 좋다
그 아래 하얀 뭉게구름이 좋다

살짝 입을 열고 맑았게 속을 보여주는 알밤이 좋다
황금색으로 변해가는 들녘의 풍성함이 좋다

예쁜 친구의 천진난만한 미소가 좋다
나는 가을이 좋다

밤 마실

파란색이 검은 색으로 변해가는 시간
놀이터 가로등이 센서에 의해 반짝 눈을 뜬다
이미 그 자리에 뛰어놀던 아이들은 엄마 품에 안겨
있을 터
그 자리를 차지하고 앉아 있는 이 누구인가
검은머리 곳곳에 하얀 머리로 변해가고 있건만
가로등 불빛이 하얀색을 찾아내지 못하는 것만으로
위안 삼으며
빈 밤하늘 올려다보며 별을 찾는다
별과 숨바꼭질 하는 사이
술을 나눠 마신 중년부부
남편은 큰 운동화 발자국 소리 내며 다가서고
아내는 슬리퍼 짝 끄는 걸음으로 다가서
놀이터 구석 운동기구에 걸터앉는가 싶더니
통나무 절구통처럼 허리가 없는 여인네 입에서
남편 못난 점 들춰내는 말들이 가로등 불빛사이로 빨려
들어간다
금방이라도 남편의 주먹이 아내의 거친 입을 쳐 뭉갤
것만 같아

마음조리다 보니 밤하늘 별들도 조리는지 구름 속에
숨었다

저 건너 소문난집에서 술이나 한잔 하자고 오라할 때
밤 마실 겸 나간건데 생전 처음 보는 부부 입씨름에 마
음이나 조리고 있다

만나면 마냥 좋은 사람들과 함께하는 술타령이 있는
밤 마실 옆에 두고 이 밤 홀로 숨은 별을 불러본다

사랑 그리고 고독

비가 내리는 줄 몰랐다
바람과 함께 찾아와
아직도 푸름을 뽐내는
나뭇잎 물들이기 위해
찾아온 비 곁에 있는 줄 몰랐다

이 비 그치고 나면
이곳 푸름은 노랗게
저곳 푸름은 붉게
저 넘어 푸름은 알록달록
하나둘씩 제 각각 가야 할 길을 가는 것

창가에 다가가
비 내리는 소리 듣고서야
내 곁 가을이 왔음을 알게 되니
무뎌진 그 안에
채워진 것이 무엇인지 들여다본다

사랑 그리움 추억

낭만 고독 외로움

기쁨 슬픔 미움

웃음 눈물 성취

그 무엇이라도 가슴에 담아지면 좋겠다

가을이니까

술이여

마실 때처럼 뒷날 아침에도 짜릿한 흥분이 있다면 눈을
뜨자마자 술병을 찾으리다

어둠과 함께 달려온 유혹 오늘도 뿌리치지 못하고
너를 잡는다

손바닥으로 전해져 온몸으로 퍼져가는 짜릿함에 이
밤도 너의 벗이 되어 어둠을 잊는다

늘어나는 나이만큼 줄어드는 잔이지만

너라도 옆에 있어 웃을 수 있다는 것 행복이란다

망둥이 낚시하던 날

던지면 금방이라도 덥석 물 것 같은
낚시바늘 숨기고 있는 갯지렁이가
닿기만 하면 덥석 물 것 같기에
갯지렁이 끼는 손길이 분주하기만 하다

기다리고 기다리던 여인의 브래지어 끈을 푸는 것처럼
손끝이 떨리기만 한 순간
망둥이가 웃고 있는 것 같아
갯지렁이 끼는 손길은 왜 그리도 더딘지

옆자리에선 꾼 낚시대 번쩍 쳐들고 갯지렁이 망둥이
입 앞으로 내던지는데 이놈의 갯지렁이는 따끔하고 내
손끝을 문다

갯지렁이가 물어 따끔해 반짝 쳐드는데 망둥이 입술
꿰라는 낚시바늘이 갯지렁이가 살짝 씹은 손 끝 찔러 아
이쿠 하는 순간 옆자리 꾼 꿈틀대는 망둥이 낚시바늘에
꿰 올리며 앗싸한다

기지포를 함께 걷던 여인

하얀 모래 장벌 아래 푸른 파도를 머금고 자리했던
솔밭을 아시나요?
　뜨거운 여름으로 향하던 길목에 자리했던 늦은 오후
　우리는 솔밭을 넘어 하얀 모래 장벌 위를 거닐었죠

　파도가 모래와 입맞춤하는 모습 바라보며
　세상 긴 하루 밝게 비추느라 지친 태양이 쉬기 위해
　파도 위에 낮게 내려앉는 모습 보며
　우리는 보드라운 모래 위를 거닐었죠

　뾰족구두를 손에 들고 소녀처럼 밝게 웃던 당신의
맑음은
　파도가 모래 위에 키스하며 보여 주던 하얀 모습이
었습니다

　그 모습이 내 마음속에 가득 담겨 있다는 것은 삶의
또 다른 행복이라 하겠습니다

모래 장벌을 뒤로 하고 솔밭 거닐며
당신은 소녀가 되어 해맑은 웃음 주었죠
그 웃음소리는 솔잎과 바닷 바람소리가 함께 내는 연주
였습니다

그 음율에 취해 아직도 깨어나지 못하는 것은 삶의 또
다른 아름다움이라 하겠습니다
깊어가는 가을날
무르익었던 봄 함께했던 순간이 떠오르는 것은
아직도 청춘의 피가 흐르고 있음이 아니겠는지요

제3부

네가 그리워

푸르고 맑은 가을 하늘 보니
네가 그리워지고
길가 흔들리는 코스모스 보니
네가 더 그리워진다

푸른 가을하늘에 닿을 수 없고
길가 흔들리는 코스모스 꺾을 수 없으니
내 너를 향한 그리움은 더 커져만 간다

가을이라서
채워질 것 같은 가슴이지만
빈 가슴에 맑고 푸른 그리움과
코스모스 같은 너를 담고 싶다

무심

나뭇잎이 떨어져 뒹구는데도
마음 주지 못하고 지나쳐 버린다

나뭇잎이 떨어져 뒹굴며 재롱떠는데도
눈길조차 보내지 못한 채 벗어나 버린다

바람에 붉은 치맛자락 살짝살짝 들어 보여 주는데도
가야 할 곳 없지만 마음만 분주하다

가을이 왔는데
마음은 겨울풍경을 보는 것 같다

천수만 코스모스길

저 멀리서도 꽃길임을
저 멀리서도 붉게 익어가고 있음을
저 멀리서도 캔버스에 붉은 물감이 뿌려지고 있다는
것을
다가가면 다가갈수록
빠름이 더딤으로 자동전환된다

도비산을 타고 넘어가는 붉은 햇살
잡지 못해 조마조마 몸이 달아오르지만
환하게 웃는 얼굴로 손 들어 반겨주는 님은
'가을 해님이 남겨준 여운만으로도 더 아름답다'고
속삭여준다

빠르게 달려가는 것이 죄 짓는 것 같고
스마트폰 들여다보며 딴짓하는 것이 예의가 아닌 것
같은
길가에 전시된 수많은 작품
푸른 하늘도 부끄러워 뭉게구름 사이로 내려다보고
있다

늦장미

하늘아래
기러기 찾아오는 소리 들려오고
바람 차가워지는데
여기저기 피어있는 장미
나의 찬 볼 품어줄 장미꽃은 어디에 있나?

찬바람은 쉼 없이 다가오는데

자연의 순리

너의 입술 위에
나의 입술을 포개고

붉게 핀 장미꽃 필 때
꽃잎보다 짙은 너의 입술 갖고

한밤 한밤 보낼 때마다
우리 살아온 만큼 바람도 거칠어 지는데

꽃잎은 거친 바람 이기지 못하리라는 것
너도 알고 있지않느냐

만리포해변의 여인

만리포해변의 주인인 갈매기들이 장벌 위에서 도열
한다

때 지난 뒤 찾아온 여인을 위해 훈련 잘된 군사들처럼
나열해 서서 반겨준다

만리포해변 저 먼 바다로 떨어지는 해를 향해 발걸음
옮기는 여인이 사열하듯 고개를 일제히 돌린다

만리포해변이 눈부시게 빛나는 순간이다

여인의 발걸음에 맞춰 갈매기들이 날개를 퍼덕인다

만리포해변과 갈매기들은 때 지났어도 여인이 오기
만을 그렇게 기다렸나 보다

여인들

푸름도 보이지 않는 높은 하늘아래
두 여인 앞에 두고 송화정 오찬이라 복 받는 날일세

푸름도 보이지 않는 촘촘한 고깃배 바라보며
두 여인과 달리는 드라이브라 복 받은 날이네

푸른 시간 가로등 불빛 아래
예쁜 여인 옆에 두고 가을밤 맞이라 복 있는 날 이로다

푸름이 검음으로 바뀌어 별이 반짝이는 밤하늘 아래
세 여인 앞에 두고 뒷고기 만찬이라 복 터진 날이구나

푸름은 전기 등불에 어둠을 내주고 커피향 찾아가니
여인들뿐이다 세상에 이런 복 날도 다 있네 그려

푸른 밤하늘 온몸으로 지고 보금자리 찾아드니
흰 여인은 반겨주는데 한 여인은 보이지 않네

너는 알고 있니
우리 함께 했던 구름포해변을

친구야
기억하니
우리 함께 했던
백리포 옆 구름포해변을

큰 형 만리포
둘째 형 천리포
셋째 형 백리포는
어깨를 당당하게 펴고 모래장벌을 내주는데
막내 구름포는 배다른 동생인지
꼭꼭 숨겨놔 달려온 파도만이 친구 되고 있었다

친구야
기억하는가
쓸쓸하게 파도와 술잔을 주고받던 구름포해변
그곳에 자리해 해변과 파도를 벗 삼아 빈잔을 채워주며
나누던 우정을 말이다

친구야
성난파도가 밀려와 구름포해변의
여린 모래 헤집어 놓기 전에 한 번 더 가보자

구름포는 늘 그 자리에서
밀려 나갔다 밀려 들어오는 파도를 기다리듯
우리도 기다리고 있을 거야

가고 있건만

언제 다가왔는지 모를 가을 이야기가
마음의 문 열지도 못한 채 뱅뱅 돌고만 있다
문을 열고 맞이하고 싶은 마음이야 지난 여름의 뜨거
움인데
문고리를 잡아당겨야 할 가을 이야기는
그 자리에서 깊고 깊은 푸른 하늘만 올려다보는 것
같다
코스모스는 피고지고 있는지
울긋불긋 단풍은 지고 떨어져 나뒹굴고 있는지 모를
일이다
올 가을 이야기는 계룡대 가는 길 언덕 아래
노란 은행나무 길이나 함께 거닐며 썼으면 좋겠다

옥천 옆이 고향인 여인은
그 어디에서 그리움을 삼키고 있을까

그 사람 고향이 옥천 옆이랬다

그 옆 지나칠 때마다

가슴 한 켠으로 다가오는 그리움은 이 가을에도 다가
왔다

고염나무는 온데간데없고

폴짝폴짝 뛰며 거닐던 징검다리도 사라졌지만

산 아래 굽이굽이 흐르는 강물은 그때나 지금이나 변함
없는데

돌다리 건너며 잡아주던 손길 대신 찬바람만 잡힌다

그 사람은 그 어디에서 그리움 삼키고 있을까

우물가 감은 빨갛게 익어가고 굴뚝엔 연기가 피어오
르는데

보이지 않는 그 사람

벼 바슴 끝난 논바닥 위 벼 끝이나 툭 툭 치며 거닐어
야 할까 보다

잠홍저수지 길

가슴에 꼭 안겨 오던
여인이 그리워 그곳에 섰다
물결도 그때처럼 출렁이고 있는데

내 품에 안기던 여인은
그 어디에 있는가
늦은 오후 가을바람만이
내 품 스치고 지나간다

가슴에 안기어 사랑 속삭이던
여인이 그리워 잠홍지 물가에 섰다
출렁이는 물결 위 오리는
그때처럼 품에 부리를 묻고 있는데

내 품에 안기던 여인은
그 어디에 날개를 접고있는가
해 지는 저녁 찬 바람만이
내 품을 싸하게 스치고 간다

홀로 보내는 가을이라 잠도 오지 않네

이 밤 귀뚜리도 잠들었는지 울음소리 잦아들었는데
잠 못 이루고 뒤척이는 것은 어떤 그리움인가
낙엽지는 모습도 어둠에 묻혀 보이지 않는데
오른쪽으로 왼쪽으로 돌아누우면서도 눈은 감겨져 있다
홀로 보내는 가을이라서일까
잠도 오지 않는다
눈을 감아도 작은 바람에 바스락 거리며 뒹구는 낙엽
그대 밟으며 오는 발자욱 소리인가 귀가 열린다
또 한 계절의 가을이 깊어졌는데 잠은 오지않네
떨어지는 낙엽을 비추던 가로등도 잠 자는 시간
가슴이 허허로워 잠을 이루지 못하네
이 가슴 채워질 가을소식은 언제 오려나
가을밤은 깊어 가고 그리움은 커져 간다
홀로 보내는 가을이 잠도 빼앗아 가는 밤

네가 있어 또 다른 나를 본다

가야 할 시간
도착해야 할 시간
저멀리부터 눈 앞까지
출렁이는 그리움

떠나야 할 시간
함께해야 할 시간
달리는 차 안에서도 꿈만 같기에
흐르는 시간을 모른다

긴 해가
갯물에 잠기고
마주 잡았던 손의 따스함이 모래속에 묻히니
별하나 없는 밤하늘 초 여드레 달빛 닮았다

네가 내 옆에 있기에
가을의 길을 걸어가는 나
보름달이든 북극성이든
푸른 밤하늘 벗삼아 그 품에 안기고 싶다

텅 빈 강의실

붉게 물든 캠퍼스 벤치 위 낙엽
가을바람에 바스락 바스락
토요일 이른 오후 강의실 찾아드니 텅 비었다

강렬한 햇살 비추는 창가 커튼을 내린다
운동장 나무마다 가을 색으로 갈아입은 단풍
손짓하는 곳으로 내려설까말까 망설여진다

토요일 오후
텅 빈 강의실에 홀로 앉아
가을풍경을 마음으로만 담고 있는 나

동백정에 가보셨나요

춘장대 소나무 숲 지나
홍원항 가는 길
빗겨 돌아서면
마량리 바닷가 푸른파도를 만난다

굵은 모래 치는 파도는
소리로만 듣고
발은 발전소 사잇 길로 걸어라

천 원짜리 티켓 한 장 거머쥐고
발전소 담벼락에 걸린
액자 속 풍경을 눈에 담아보라

서천의 역사가 가슴으로 파고든다
동백나무 푸른 잎 사이로
한 계단 또 한 계단
오동도의 동백 숲을 서천 동백정에서 만난다

동백꽃몽우리 뒤로하고
쭉쭉뻗은 해송사이
출렁이는 파도소리에 귀 열고

건너다보이는 작은 섬에 눈 뜨니
발걸음은 동백정을 떠나지 못하고
마음만 가을에 취해 비틀거린다

장항스카이워크에 오르다

푸른 솔잎에 입맞춤이라 좋은데
가다보니 끝자락이라 아쉬움만 남네
소나무 사이로 이어진 길
푸른 카펫은 학교 가는 길 솔잎 길을 떠올린다

모래사장 이름모를 작은 게 한 마리
다정한 연인에 눈길 주다 제 집 못 찾아 잡혔어도
두려움 없이 두 눈만 깜박깜박
장항스카이워크는 뒤에 꿋꿋하게 버티고 있었다

소나무 위에서 솔방울 영글며 터지는 소리에 취하다보니
허전한 마음 달래는 스마트폰 짧은 음은
장항스카이워크를 뒤로 두고 발길을 재촉하게 한다

억새가 너를 닮았다

키 큰 억새가 하얀 얼굴로
푸른 하늘 향해 웃는다

반짝이는 가을 햇살아래
날씬한 자태 뽐내며
오가는 행인을 유혹하는구나

억새 너를 보노라니
너의 얼굴이 떠오른다
아, 가을이다

여인들의 웃음소리

까르르
떨어지는 노란은행잎 하나만으로도
하얀 이가 가을햇살에 빛이 난다
나뭇잎이 메말라 떨어지는데
웃음은 이제 갓 피어난 새순처럼 맑다

일락산 아래 번지는 웃음소리는
울긋불긋 가을 색이다
지나는 바람도 웃음소리에 잠시 멈추고
노란색으로 색칠한 은행나무도
웃음소리에 귀를 연다

가을을 머금고 자리한 여인들
붉게 익어가는 세월 잊고
오늘만은 이제 갓 피어난 새순처럼 맑게 웃자
일락산 너머로 떨어지는 해는
노란색으로 색칠한 은행나무가 잡아주고 있었다

제4부

긴 밭고랑 사랑이 심어지고

붉은 황토밭
끝없는 고랑고랑에 가을 햇볕 내리쪼이는 날
한손에는 양파 순 한손에 호미자루 거머쥐고
쉼 없이 고랑을 메워간다

한 두둑 넘어설 때마다 가을해는 댓 뼘씩 넘어가고
끝없는 고랑고랑은 그대로 있는 것 같아
한손에 든 호미자루 힘줘 잡아보니
새참 이고 오는 아낙네 발걸음이 총총거린다

저 넓은 황토밭 두둑
고랑고랑 언제 다 채우나 두 눈이 걱정하는 소리에
양파 순 잡고 호미자루 잡은 손 말하네
걱정 말라고 내가 다 심어 놓겠다고

쥔장이 새참을 내려놓으며 웃는다
가을햇볕도 요만큼 남았다고 따라 웃는다
호미 쥔 아낙네도 웃는다
차르르 밭고랑으로 바람타고 온 붉은 단풍잎도 웃는다

내게 다가온 여인

낙엽 따라 여인도 다가왔다
반팔 속에 내보이던 뽀얀 피부는
긴팔에 감춰져 보이지 않지만
따스한 품이 그리워 다가왔다는 것을
수줍은 미소로 안다

비릿한 생선회 한 점에
소주잔을 부딪치며
잔 들어 입안으로 털어버리면
목구멍으로 넘어가며 꼴깍 그 소리에
서로 바라보는 눈빛 강렬하다

바짝 올라선 엉덩이 탄력은
아직도 물오른 서른 살
손을 가져다 대고 싶어 안달이지만
쌀쌀한 날씨 탓인지
술기운은 오르지 않고 눈빛만 빛난다

딴 생각

손이 알아서 호주머니를 찾아 들어가고
바람이 볼때기를 꼬집는다

열어놓았던 맨 위 단추를 채우며
옷깃을 세우는데도 목은 움츠러든다

따스한 아궁이 앞에
철퍼덕 주저앉고 싶어지는 날이다

11월을 시작하며

성왕산 단풍 숲으로 지는 해 바라보며
고개를 넘어서니 검은색 어둠이 성큼 다가온다

대산공단에서 아산으로 넘어갔다가 안면도 방포에서
떨어지는 짧은 해 바라보며 술잔을 들고 공주벌에서 넘어
와 고북 땅을 밟고 운동장에서 고래고래 소리 지르니 일주
일이 숨넘어갔다

대산 넘어 도비도 문 닫힌 전망대 밑자락에 올라 삼길
포를 바라보고 대산항을 바라보니 서산바다면 어떠하고
당진바다면 어떠랴 눈을 떠 바라보며 마음이 열리면
그만인 것을

너의 품에 안기지 못하고 너의 입술에 키스하지 못함이
아쉬울 뿐이다

11월도 해지는 날은 여전히 빠르게 흘러가고 있으니
이날이 오기만을 참아온 열장의 달력은 도대체 무엇이
란 말인가

첫 장의 설렘도 마지막장의 아쉬움도 모른 척 11월의
시작은 어느새 엿새의 끝자락을 잡고 있다

나이를 먹어가는 것

나이를 먹으니 하루해는 찰나고
한 달은 열흘 같고
일 년이 한 계절 같다

떨어지는 해가 짧게만 느껴지는가 싶은데
마음으로 다가오는 연정은 오기 전에 식어버리고
가슴으로 다가서야 할 사랑은 불붙다 꺼져버리고
온몸으로 불태워야 할 뜨거운 사랑은 찬물을 끼얹은
듯 움츠러든다

나이가 차오름을 알까만
모르는 척 다가서기만 기다리다
힘없이 고개 숙이는 자신을 바라본다

떠나보내야 할 정情

사랑인줄 알았는데 정情이었구나
사랑인줄 알고 설레는 마음이었는데
자꾸만 자꾸만 빗나간다 했지
정情인줄도 모르고
정情인줄 알았더라면
깊어가는 밤 머리 받쳐주는 베개 허벅지에 끼우고
비비적거리며 뜬눈으로 새지 않았으리다

사랑이라고 생각했지
마음 불타오르고
눈 감아도 떠올라
안으면 입술 속 혀를 받아들이고 넘기리라 여겼었었지

정情인줄도 모르고
긴긴 날 지새운 밤의 몸부림은 봄 날 한숨의 꿈이었더라

고흥 풍류해수욕장
푸른 파도가 밀려오던 날

떠날 사람 떠난 빈 모래 장벌 위로
나란히 걸어간 발자국이 두 개
그 위로 밀려온 푸른 파도가 뒤집어지며
하얗게 하얗게 말리며 지워낸다

뜨거운 태양으로 달궈졌을 모래 위
가을바람이 선선하게 식히고
밀려오는 파도만이 목소리를 키우며
때 지나 찾아온 연인을 반긴다

가을바람에 선선해진 모래 장벌 위
아내의 발자국 나의 발자국 찍어 놓으니
그곳이 어디냐고 묻는 이 있다면
고흥반도 풍류해수욕장이라고 말해주겠다

첫눈

눈 온다! 말하고
파다닥 빠른 발걸음으로
계단을 타고 내려가는 소리가 신났다

슬그머니 일어나
창문을 열고 내리는 눈을 바라보니
빨래를 널던 아내가 웃는다

나이는 먹었어도
학교 가는 딸 같은 마음으로
첫눈을 맞이한다

녹동항에 지는 해 바라보며

고흥 소록도 가는 길
갯바람이 코끝을 스치기에
들어선 곳 녹동항

낚시배 포구에 꽁꽁 묶여 있고
사이사이 뱃머리에 앉아
그물 터는 어부의 구수한 사투리는
해 넘어가는 줄 모르고
횟집마다 손님 주문하는 소리 시끌벅적
수족관 옆 쥔장 생선회 뜨며 두 눈동자
미안함 담아 던져지는
'워쩐다유 자리가 읎서잉' 녹동항 말투가
밤 깊어가는 줄 모르겠다

자리가 없으면 어떠한가
구수한 인심 어둠 밝히고
배고픔 잊게 하니 그곳이 녹동항이다

퍼덕이는 참돔 한 마리 안주삼아
소주 한잔 나누다 보니 녹동항의 밤은 깊어가고
어둠을 뚫고 밤 바다 참돔잡이 나서는
어선의 배 엔진 소리 자장가 삼아
잠들어가는 녹동항은 뜨겁다

내 스스로도 모를 심心

겨울의 문턱 넘은 날
가버린 어느 가을날 하늘처럼
구름 한 점 없이 푸르다

몸은 움직이면서도
마음은 귓전에 전해진 소리에 갈팡질팡
겨울의 찬바람 홀로 맞이하는 것처럼
쓸쓸하기만 하니
분노의 조절 상실한 것 아닌가 싶다

아직 가야 할 길 멀고도 먼데
노인네 노여움 타듯
속 좁은 모습 얼굴에 드러나니
가을이 겨울에 밀린지도 모르고
훌쩍 가버린 것을 알게 된다

이 가슴,
찬바람도 담고 칼바람도 담아내고
얼음덩이도 담아내고 서릿발도 담아낼 줄 알아야

이 겨울 따스하게 보낼 수 있음을
찬바람 맞고서야 알게 되니 아직도 빈 가슴이다

가을이 지던 날

어둠으로 검어가는 밤하늘에
긴 칼날이 불꽃을 튕기며 땅으로 그어졌다

우르릉 꽝
어둔 밤하늘 천둥번개로 불야성 이룬다

금새 장대비를 퍼부어댈 것처럼 먹구름이
촘촘한 별 모두 가리고
사선 그으며 번개가 쫘악 긋는다

마지막 힘을 쓰며 매달려 있는 나뭇잎들도
놀란 듯 바들바들 떨고
방안에 있는 아이들도
엄마 품으로 안겨드는 밤

잊혀지는 여인들

만남의 설렘은 이별이 있다는 것을 알아야 했고
가슴 뜨겁게 와 닿는 사랑은
싸늘한 칼바람에 베이는 날 있다는 것을
왜 몰랐을까
겨울 찬바람 알몸으로 서서 맞고 보니
육체를 불태우며 부르던 노래는 한 때의 불장난
영원히 잊혀지지 않고 오래오래 가리라 한 마음은
토요일 밤 로또였다

만남은 헤어짐을 알아야 되고
가볍게 와 닿는 인연은 사랑이 아님을 알아야
겨울 찬바람에 실오라기 하나 걸치지 않은 몸으로도
따갑게 찔러오는 칼바람을 맞지 않을 터
그것이 영원히 이어질 사랑이라고
마음에 두는 어리석음은
이제 겨울바람에 실려 날려버려야 할
스쳐가는 인연임을 알게 되니
이해도 저물어가고 있음을 알게 된다

부모

아픔이 있어 아들 곁으로 갈 땐
뒤꿈치를 들고 살그머니 드나들고
두둑한 지갑을 열어 보일 땐
박장대소로 두 팔을 휘저으며 찾는다

매일 옆길로 나의 아버지와 엄마가 병원 찾아가는 데도
어느 노인네가 뻔질나게 병원 찾아가나 했지
아파도 아프다는 소리하면 아들 내외 싫어한다고
뒤꿈치 들고 병원 찾아 나섰던 아버지와 엄마
아버지 메마른 팔뚝에 링거 바늘 꼽고서야
아들며느리 얼굴이라도 한번 보라고
조심스럽게 전화버튼을 눌렀을 엄마
긴 신호음도 불편 줄까봐
몇 울림 만에 수화기를 내려 놨을 터

거나하게 술 취해 찾아 나선 길
당당하던 아버지의 등짝은 새우등마냥 고부라진 채
팔을 베개 삼아 누워 고른 숨 쉰다

"아버지 주무슈? 저왔슈"

"응 니왔니" 하며 반기는 눈에는 촛점이 흐리다

수척해진 그 얼굴에 눈물 떨굴 것 같아

간다는 말 한마디 못하고 돌아서 나오며

'아버지 저 그냥 갈께요'라고 짧은 휴대폰 문자메시

지를 보낸다

그리고 밤길 위에 눈물을 쏟아낸다

왜 그렇게 눈물이 흐르는지 모르겠다

아버지

눈물로 아버지를 불러보는 밤이다

아내에게 쓰는 반성문

내 당신 없으면 어찌 살아갈까
내 여보 없으면 어찌 큰소리치며 살까
해를 거듭할수록 당신의 깊은 정 안아줘야 하거늘
해를 거듭할수록 여보의 넓은 이해 도리질치니
이보다 못난 남편 어디 있겠는가

내 여보의 깊은 사랑
내 당신의 넓은 사랑 받고 또 받으며 살아가면서도
내 여보의 깊은 사랑 모른 채
내 당신의 넓은 사랑 외면한 채 나의 목소리만 키우니
이처럼 바보 같은 남편 어디 또 있을까

내 여보 사랑한다고
내 당신 사랑한다고
매일 매일 입 맞추며 속삭여도 부족 할 터에
저만 잘난 것처럼 큰소리나 치고 있으니
이 같은 속물 남편이 이 세상에 또 있겠는가

긴 겨울밤
술잔을 내려놓고 달려가
내 여보
내 당신에게
"여보 사랑해" "당신 사랑한다"고 속삭이며 안아주리다

반성

둥근 보름달이 저 건너 서산농업고등학교 운동장 위에
떠 올랐지만 지쳐 보였다

두 어깨가 축 처진 것처럼 보여 나는 소원을 빌 수가
없었다

얼마나 많은 사람이 힘들고 어려웠기에 보름달이 지쳐
있을까 싶었다

둥근 보름달이 온 세상을 비춰야 할 깊어 가는 밤

둥근 보름달은 견디지 못하고 터져버리고 말았다

우르륵 쾅! 우르륵 쾅! 우르륵 쾅!

반세기 넘는 세월 동안 이날의 추석날 밤처럼 고통은
처음이었다

번개 불이 감춰진 눈꺼풀 사이로 번쩍 보이지만

두 손을 가슴에 얹고 초저녁 힘들어하는 달에게

"너도 요즘 힘들지 그래도 힘내 내가 옆에서 늘 응원해
줄게"라고 한마디만 해줬어도

착각이 부른 허무한 인연

내가 자기의 전부인 것처럼 도도하게 한 마디 쑥 던지는 착각의 여인

무심코 던지는 한 마디에 움찔하는 내 자신을 보면서도 수심에 찬 얼굴의 그림자를 애써 감춰주려 꾹 누른다

낙엽을 밟으며 가는 길에서도 자기 혼자 걷잡을 수 없이 흥분해 조잘대면서 가끔 철책선 세우듯 불쑥 던져오는 말 한마디에 열렸던 마음은 갑자기 세워진 철책선에 가로막혀 몸부림쳐야 했지만 지탱해줘야 할 것 같아 꾹 눌렀었다

가을이기에 바람이 불며 낙엽도 떨어지고 그 위에 고독이 태워져 날아가 버릴까 한 줄의 농담을 던지니 내가 자기의 몸 탐하는 줄 알고 한 줄의 글 남기니 가을밤이 싸늘하게만 느껴진다

내가 자기만을 마음에 두고 깊어가는 가을밤을 홀로 몸부림치며 지새우는 것으로 착각을 했구나 싶은데도

내 가슴이 더 아픈 것은 인연이 여기까지라는 느낌이
기 때문이다

진심眞心

술이 거짓을 만드나
내 마음 그대로 담아내거늘
돌아오는 답은 희미한 기억의 저편에 놓아버린
사연들을 찾아 꿰맞춘 억지
술이 거짓을 만든다

내 마음을 보여 줄 수 있다면
찬바람 부는 날이라도 열어 보이고 싶은데
이미 계절은 바뀌어 찬바람만
그 자리를 쓸고 있으니
술이 거짓되어 나를 취하게 한다

술은 취해도
내 마음은 취하지 않는데
그날 밤 마신 술은
당신의 마음을 취하게 했는가 보다

내 몸은 취하였어도 마음은 취하지 않았는데

진실의 끝 찾아 가시밭길 헤치고 일어선다

억새가 너를 닮았다

억새가 너를 닮았다

억새가 너를 닮았다

억새가 너를 닮았다